Mi nombre es Zoila

Lada Josefa Kratky

Dedicado con cariño
a Atenedora

NATIONAL GEOGRAPHIC LEARNING | CENGAGE Learning

Me llamo Zoila. Nací en una pequeña aldea cerca de Oaxaca, en México. Cuando era chica, vivíamos en una casita de carrizo. Teníamos un jardín donde cultivábamos vegetales. Guardábamos gallinas en jaulas.

Mi familia tenía un solar en las afueras de la aldea. De niña, yo ayudaba a mi papá en el solar. Mi papá me subía al burrito y decía:

—No te caigas. Y abrígate, mira que el aire está bien fresco.

Sembrábamos maíz en la milpa. A cada paso, yo ponía una semilla de maíz. Entre una semilla de maíz y otra, ponía una de frijol. Al crecer, la mata de frijol trepaba por la mata de maíz. Así las matas de frijol crecían mejor y era más fácil recoger las vainas.

Me casé y tuve seis hijos. Los mandé a todos a la escuela, aunque era bastante caro. Pero para mí la escuela era muy importante. Yo nunca había ido.

No había autobús en la aldea. Mis hijos iban a la escuela a pie. Les tomaba treinta minutos caminando por las calles de tierra de la aldea. Había solo una tienda en la aldea. No había restaurantes.

Al caminar, se oía el mugido de las vacas, el aullido de un perro lejano, el maullido de un gato. En tiempos de lluvia, el paisaje era bello, con los campos en flor.

Siempre me gustó cocinar. A veces iba al campo con una bolsa. Agarraba chapulines que vivían en la milpa. Llenaba la bolsa entera de chapulines y los preparaba hervidos. Los servía con salsa.

Sé también hacer unas tortillas deliciosas llamadas ***tlayudas***, que son tortillas bien, bien grandes que se comen aquí. Con esas tortillas hago empanadas de rana, las hago de conejo, las hago de torcaza.

El pueblo ya no es igual que antes. La calle principal está pavimentada. Las casas son de cemento. Hay tiendas, hay fiestas y bailes. Hace poco, el altoparlante anunció: "La señora Zoila busca huevos para hacer un **yit-sil**".

El *yit-sil* es una comida que se prepara para las bodas. Se invita al pueblo entero a comer.

¡Maité, mi hija, se casó! El pueblo se llenó de colores, de olores y de sabores.

Glosario

aldea *n.f.* pueblo pequeño en el campo. *En **aquella** aldea no vivían más de unas cincuenta personas.*

altoparlante *n.m.* aparato que sirve para amplificar sonidos. *El **altoparlante** del estadio anunció el próximo bateador.*

carrizo *n.m.* junco, planta de tallos tiesos y largos. *En tiempos pasados, se construían cabañas de **carrizo**.*

chapulín *n.m.* insecto parecido al grillo. *En algunos países, los **chapulines** se comen.*

milpa *n.f.* terreno donde se cultiva el maíz. *La **milpa** de mis abuelos era pequeña, pero producía mucho alimento.*

pavimentar *v.* cubrir un camino con asfalto o cemento. *No se permiten autos en la avenida, porque los obreros la están **pavimentando**.*

solar *n.m.* pequeño terreno de cultivo. *Me gustaría tener un pequeño **solar** donde pueda sembrar unas matas de tomate.*

torcaza *n.f.* especie de paloma. *Las **torcazas** hacen sus nidos en los árboles más altos.*